CATALOGUE

DE LA

BELLE COLLECTION

D'OBJETS D'ART

ET DE CURIOSITÉS

de feu M. COGEZ, de Lille

CONSISTANT EN :

Porcelaines anciennes, Faïences, Cristaux,

Ivoires , Miniatures , Émaux , Chinoiseries ,

Tableaux, Gravures, Manuscrits,

Meubles anciens, Bois sculptés, Monnaies,

Médailles , et Armes anciennes

Dont la vente aux enchères publiques aura lieu à **LILLE**, **rue Esquermoise , 31**, dans le bâtiment du fond que le défunt habitait en cette maison, le **Mardi 17 Octobre** 1871 et jours suivants, de dix heures à une heure et de deux à cinq heures du soir

par le ministère de M.ᵉ Henri COTTIGNIES

Commissaire-Priseur , à Lille, rue Colbert , 106

assisté de M. CATTEAU, expert audit Lille.

Une Exposition aura lieu les Dimanche 15 et Lundi 16 Octobre de deux à cinq heures du soir , pour les personnes munies du présent Catalogue.

Tout autre jour et à toute autre heure , l'entrée sera rigoureusement refusée.

Prix du Catalogue : 50 cent.

CONDITIONS DE LA VENTE

La vente se fera au comptant.

Les adjudicataires paieront, en sus du prix principal, dix pour cent de frais.

L'exposition mettant le public à même de se rendre compte de l'état et de la nature des objets, il ne sera admis aucune réclamation une fois l'adjudication prononcée.

ORDRE DE LA VENTE

Chaque journée comprendra environ le quart des numéros composant chacune des séries du catalogue.

Les gros meubles, tableaux, gravures et manuscrits seront compris dans la dernière journée.

CATALOGUE

Terres cuites, Grès de Flandre, etc.

1 Trois Statuettes en terre cuite, signées Fourkinc, Dieppe, 1844.

2 Trois Statuettes en terre.

3 Statuette en terre portant diverses inscriptions et signée Delaville, 1811.

4 Deux Cache-Pots en terre, style Louis XVI.

5 Une statuette romaine; hauteur, 60 centimètres.

6 Un Chat bossu en terre cuite ayant servi d'enseigne à une ancienne maison de la rue des Chats-Bossus, à Lille.

7 Un Vase en albâtre.

8 Un marbre figurant une tête de mort couronnée, et partie d'un crâne.

9 Un clocheton gothique, sculpté sur albâtre.

10 Deux Gantelets en marbre provenant d'une tombe.

11 Une Statuette en albâtre, provenant de la collégiale de Saint-Pierre, à Lille.

12 Un Buste en terre cuite.

13 Une jolie Chaufferette à jour.

14 Un Pot en terre rouge avec trophée de chasse.

15 Un Pot en Céladon.

16 Une grande Gourde en gré de Flandre, avec blasons en relief.

17 Un Plateau en terre italienne.

18 Quatre Vases romains en terre noire.

19 Un Vase romain trouvé dans les fouilles faites à Lille pour établir la nouvelle porte de Valenciennes.

20 Une Cruche ancienne trouvée en mer.

21 Une Cruche en grè de Flandre.

22 Une Cruche à petit col avec figure.

23 Un Encrier en grè émaillé et deux Scarabets.

24 Un Presse-Papier en albâtre, figurant un enfant couché.

25 Un petit Bas-Relief en marbre, représentant la vendange.

26 Quatre Médaillons en albâtre, représentant des empereurs romains.

27 Un joli Bas-relief en albâtre.

28 Deux Têtes en marbre trouvées dans des fouilles aux environs de Lille.

29 Un petit Obélisque en marbre rare.

30 Un Buste d'enfant, trouvé aux environs de Comines.

31 Un Bas-relief en albâtre avec encadremement doré en terre cuite.

32 Un Bas-relief en albâtre avec encadrement en ébène guilloché.

33 Une Ardoise représentant un paysage chinois en relief.

34 Un Buste de femme en marbre ; hauteur, 50 c.

35 Un Buste d'enfant aussi en marbre.

Faïences diverses.

1 Deux Assiettes coloriées et une bouteille imitation de bois.

2 Six Assiettes et deux Plats en faïences anglaise et italienne.

3 Cinq Carreaux variés.

4 Cinq Assiettes diverses.

5 Cinq assiettes en faïence de Delft, décor bleu.

6   Quatre assiettes en faïence de Delft, à dessins variés.

7   Quatre autres Assiettes en faïence de Delft, aussi à dessins variés.

8   Quatre Assiettes de Delft à dessins variés.

9   Quatre autres Assiettes, id.

10   Deux Assiettes de Delft avec blasons coloriés, marqués P. W. D. 5.

11   Deux Assiettes bleues de Nevers.

12   Un plat bleu dentelé, en faïence de Delft.

13   Deux Assiettes coloriées, très-anciennes, marquées d'une croix.

14   Deux Plats en faïence de Delft, riches de décors et portant leurs marques.

15   Deux Plats en faïence de Delft, également riches de décors et portant aussi leurs marques.

16   Deux plats semblables aux précédents.

17   Un Plat en vieux Milan.

18   Une Soupière simulant une poule.

19   Deux Burettes.

20   Un Encrier en faïence de Lille , portant cette inscription : *A Monsieur, demeurant dans la rue, à Lille.*

21   Un Pot et son plat en faïence primitive de Lille.

21 bis.   Un Plat à barbe et une Statuette en faïence.

22   Un Chat en faïence de Lille et un Pot.

23   Deux Oiseaux en faïence.

24   Un Sucrier décoré, en faïence de Strasbourg.

25   Un Encrier en même faïence.

26   Trois jolis Plats blancs et à jours, très-rares.

27   Deux Porte-bouquets en faïence de Delft, très-jolis de forme.

28   Un Porte-carafes en faïence de Rouen.

29   Deux Têtes en faïence blanche, formant consoles.

30   Une Plaque en faïence de Lille, avec personnages.

31   Une plaque aussi en faïence de Lille , représentant trois musiciens.

32 Un petit Pot et une Poivrière en faïence de Nevers.

33 Une Statuette.

34 Un Moutardier et un petit Plat à festons.

35 Une paire de Souliers en faïence de Delft.

36 Trois Oiseaux perchés, aussi en Delft.

37 Deux Vases en faïence de Delft, riches de décors.

38 Deux Potiches coloriées.

39 Une jolie Bouteille en faïence de Delft, coloriée.

40 Une Plaque représentant un oiseau en cage.

41 Un très-joli petit Pot bleu, en faïence de Nevers.

42 Quatre Pièces en terre émaillée.

43 Un beau et grand Plat moderne, genre Palissi.

44 Un Pot à tabac, figurant un personnage.

45 Deux grands Plats en faïence de Delft.

46 Un très-beau Pot bleu avec fleurs, en faïence de Nevers.

47 Un Plat long, genre Palissi.

98 Un Médaillon à fond bleu.

49 Un Plat avec fruits en faïence italienne , un peu endom-
    magé.

50 Un grand Plat en faïence italienne , représentant un
    guerrier.

51 Un Plat en même faïence, portant cette inscription: Maria-
    Bella.

52 Une grande et très-jolie plaque en faïence de Rouen.

53 Un très-grand Plat blanc festonné et dentelé, pièce rare.

54 Saint-George terrassant le dragon, en faïence coloriée.

55 Un très-joli petit Plateau en faïence de Niderviller.

56 Une Potiche et deux Cornets en Delft.

56 bis. Deux Potiches coloriées en faïence de Delft.

57 Un Vase style Louis XVI, avec belles peintures , mais en-
    dommagé.

58 Une grande Plaque en faïence, sujet pieux.

59 Une Potiche avec beau coloris.

60 Un Flacon bleu en faïence de Nevers.

61   Un Dessus de brosse en Delft.

62   Un grand et joli Plat, aussi en faïence de Delft.

63   Un autre un peu plus petit.

64   Un grand Plat en terre émaillée, avec inscription.

65   Un Plat en faïence de Lille, représentant un atelier de menuiserie et marqué 17. I. F· 69.

66   Une Assiette très-rare en même faïence, portant ces inscriptions : Louis, Lafleur d'amour, grand Chapelier.

67   Un Huilier à jour en faïence de Strasbourg.

68   Un Sucrier en faïence de Lille, portant diverses inscriptions et la date de 1757.

69   Un Plat en faïence de Perse.

70   Un petit Pot en faïence de Delft, avec portraits ; endommagé.

71   Deux petits Plats en faïence italienne ; pièces très-rares.

72   Un grand Plat en faïence de Delft.

73   Un Plat carré avec peinture chinoise, marqué R.

74   Un grand Plat bleu et blanc en faïence de Delft.

75   Un grand Plat colorié, même faïence.

76   Un Plat avec tête de guerrier, marqué W. R.

77   Un Plat en terre émaillée avec inscription gothique.

78   Trois Potiches et trois Cornets côtelés en faïence de Delft.

79   Une grosse Potiche avec animaux et fleurs coloriés.

80   Un Pot en faïence de Lille.

81   Un Encrier aussi en faïence de Lille.

82   Un beau Bénitier avec Christ, également en faïence de Lille.

83   Un petit Pot en faïence jaspée.

84   Un Pot formant statuette,

85   Un Pot à tabac en faïence de Perse.

86   Deux Cornets de Delft.

87   Un beau et grand Plat de Delft, daté de 1778.

88   Un grand Cornet aussi de Delft.

89   Une Potiche même faïence.

89 bis   Une Potiche bleue , idem.

90   Un Plat restauré en faïence de Lille , avec personnages , portant pour inscription : Vive la Nation! et pour date, 1791.

91   Une Assiette avec trois personnages et ces mots : Vive la nation !

92   Une Assiette avec blason.

93   Un Plat à jour avec pieds.

94   Un Vase en faïence italienne, très-joli de forme.

95   Un Baguier en faïence italienne , avec figures mythologiques.

96   Une très-belle Potiche coloriée aussi en faïence italienne·

97   Un Pot avec anses, même faïence.

98   Un Plat cotelé et festonné avec portrait.

99   Un Plat colorié en faïence italienne; très-endommagé.

100   Une Soupière représentant un chou.

101   Deux très-jolis Bols en faïence noire, avec fleurs dorées en relief.

102   Une très-grande Soupière style Louis XV , avec son plat , le tout en faïence de Strasbourg, très-belle pièce.

103   Deux Plats de Delft avec beaux décors.

104   Deux Plats en même faïence.

105   Deux Plats   idem.

106   Deux Porte-bouquets en faïence de Rouen.

107   Un Cache-pot même faïence, avec décors chinois.

108   Quatre Assiettes même faïence , avec décors à la corne.

109   Deux autres Assiettes même genre.

110   Un petit Plat festonné aussi en faïence de Rouen, dite à la corne.

111   Deux Saladiers aussi en Rouen et à la corne.

112   Un très-joli Plat en faïence de Moustiers, avec sujet.

113   Un Plat long aussi de Moustiers, avec sujets chinois.

114   Neuf belles Assiettes en faïence de St.-Amand, avec sujets variés de Watteau ; l'une d'elles est fêlée.

115   Un Lion en faïence; hauteur, 70 cent., largeur, 50 c.

116 Deux superbes Cache-pots en faïence de Rouen avec têtes en relief et jolis décors; pièces rares.

117 Un grand Plat dit Hispano arabe , à reflets métalliques ; il est fêlé.

118 Une magnifique fontaine en Rouen à décors bleus , ayant la forme d'une urne; hauteur, 80 centimètres, circonférence, 1 mètre 20.

Porcelaines et Biscuits.

1 Deux Statuettes.

2 Trois Statuettes russes rapportées de Sébastopol ; deux sont endommagées.

3 Un Plat simulant deux poissons.

4 Trois Statuettes en gré de Chine.

5 Six Tasses et Sous-tasses dites Capucines.

6 Six Assiettes bleues en Japon.

8 Sept Assiettes variées aussi en Japon.

7 bis. Douze assiettes avec fleurs bleues et une Soucoupe.

8 Un petit Plat creux aussi en Japon, avec figures.

9 Quatre Plats variés avec décors bleus, aussi en Japon.

10 Deux Magots en porcelaine blanche de Chine.

11 Une Statue aussi en Chine; hauteur, 67 cent., un peu endommagée.

12 Une Bouteille en Japon, rouge, bleu et or.

13 Une Potiche même genre.

14 Une Poule en Japon.

15 Deux Animaux mythologiques en porcelaine verte.

16 Une Potiche et un Cornet en porcelaine coloriée.

17 Deux petits Plats en Céladon.

18 Trois Pots et leur plateau aussi en Céladon.

19 Deux Coupes en porcelaine de Chine , montées sur cuivre doré.

20 Trois chinoiseries en lave.

21 Deux Sous-tasses en Chine avec relief.

22 Trois Tasses et Sous-tasses en Chine.

23 Deux très-jolies Tasses et Sous-tasses en Chine ; l'une d'elles est fendue.

24 Trois belles Soucoupes avec mandarins.

25 Trois Statuettes chinoises; hauteur, 30 cent.

26 Une Statuette chinoise; hauteur, 20 cent.

27 Deux petites Potiches en Chine.

27 bis. Deux beaux Vases modernes en Chine.

28 Une Amphore et deux Cariatides en biscuit.

28 bis. Portrait en pied de Napoléon Ier, et 3 chinoiseries.

29 Deux jolis Amours en porcelaine blanche vernissée.

30 Un Groupe en porcelaine coloriée.

31 Deux belles Statuettes même genre.

32 Deux autres Statuettes semblables.

33 Deux Statuettes coloriées.

34 Deux Statuettes en biscuit.

35 Un très-joli Groupe en porcelaine de Frankenthal ; hauteur, 35 cent.

36 Deux Statuettes, le savetier et sa femme.

37 Deux Plats en Chine avec décors en relief.

38 Deux Assiettes aussi en Chine avec décors en relief.

39 Un Plat à barbe en Japon.

40 Une très-belle Assiette en Chine, et une autre en Japon

41 Un très-joli Bol en Japon avec garniture en argent.

42 Un très-joli Bol en Chine avec mandarins en relief.

43 Un autre même genre, légèrement fêlé.

44 Deux belles Assiettes françaises , avec peintures en grisaille.

45 Deux autres même genre, avec amours.

46 Deux autres avec figures mythologiques.

47 Deux autres avec dessins divers,

48 Un très-beau Sucrier en porcelaine de Sèvres; il est fêlé.

49 Une très-jolie Tasse en porcelaine de Sèvres, parfaitement décorée.

50 Une autre Tasse, même genre.

51 Neuf magnifiques Tasses avec peintures variées, marquées Leplé. — A diviser.

52 Quatre autres belles Tasses de diverses marques.

53 Deux Tasses dorées en porcelaine française , très-hautes.

54 Deux Tasses et une assiette en même porcelaine.

55 Une Assiette avec belle peinture représentant Paul et Virginie.

56 Une autre Assiette avec très-jolie peinture représentant le débarquement d'une armée.

57 Deux jolis Plateaux bleu et or portant la marque de Sèvres.

58 Un Plat long avec feuilles de vigne en relief, et un Plat rond avec chiffre.

59 Une Assiette avec belle peinture de Drumont , ancien peintre de la manufacture de Lille.

60 Une Pendule en porcelaine ayant pour sujet une femme nourrissant des oiseaux.

61 Une Assiette en Saxe.

62 Douze Assiettes en porcelaine de Lille.

63 Sept Assiettes aussi en porcelaine de Lille , marquées au Dauphin.

64 Cinq Assiettes en porcelaine, attribuées à Lille.

65 Un Plat long très-ancien, marqué d'un cor de chasse.

66 Une Assiette en porcelaine de Lille, marquée du Dauphin , et une Assiette de Saint-Amand.

67 Trois Assiettes décorées portant pour marque ces mots : à Lille.

68 Six belles Assiettes portant une marque bleue inconnue.

69 Un Compotier en porcelaine de Saxe.

70 Un autre Compotier en même porcelaine.

71 Une grande Cafetière en porcelaine , attribuée à Lille ; elle est fêlée.

72 Un beau Plat long avec peinture, portant pour marque une cigogne.

73 Trois Assiettes variées.

74 Sept belles Tasses dorées avec dessins divers en grisaille.

75 Deux Couteaux avec manche en porcelaine de Lille, et un autre avec manche en porcelaine bleue.

76 Deux Tasses en porcelaine, marquées de ces mots : A Lille.

77 Deux Tasses en porcelaine, attribuées à Lille.

78 Deux Assiettes fêlées, portant la marque de Sèvres.

79 Une Assiette aussi de Sèvres.

80 Une très-belle Assiette de Sèvres, provenant de la vente de M. Van der Helle, de Lille.

81 Deux Assiettes en porcelaine de Sèvres.

82 Deux Saladiers en porcelaine de Lille.

83 Deux Assiettes en vieux Saxe.

84 Une belle Assiette en porcelaine de Tournai , portant sa marque.

85 Une Tasse en porcelaine de Saxe , ayant pour décor principal un N couronné.

86 Un Pot de tasse en vieux Tournai, pâte tendre , avec magnifique peinture.

87 Joli buste de Louis XVIII, en biscuit.

88 Un magnifique groupe en biscuit avec médaillon bleu , pièce admirable.

89 Deux très-beaux Vases bleus et un avec jolies peintures.

Cristaux.

1 Un Arguillet en verre gravé.

2 Un Arguillet semblable avec piètement en bois.

3 Un grand Cornet, forme de flûte.

4 Un joli Coffret en cristal taillé , avec garnitures en cuivre doré.

5 Un très-joli verre avec sujets gravés.

6 Un Huilier en verre de Bohême, avec dorures.
7 Trois Flambeaux en verre.
8 Deux verres verts avec blasons, datés de 1669.
9 Une très-jolie canne en verre cannelé.
10 Un Cornet de chasse en verre de Venise.
11 Un Calice.
12 Une très-jolie Bouteille côtelée.
13 Deux Verres de Venise avec piétements à jour.
14 Une Rosace de diverses couleurs.
15 Quatre médaillons avec peintures diverses.

Cuivres et Curiosités diverses.

1 Deux Sonnettes.
2 Trois Chiens.
3 Cinq Statuettes.
4 Cinq Assiettes avec personnages gravés.
5 Six Objets divers, Buste, Oiseaux et Animaux.
6 Six Objets divers. id.
7 Deux Sonnettes représentant deux femmes.
8 Deux Statuettes, un Coq et un Singe.
9 Un Lion, deux Ornements et un Porte-allumettes.
10 Trois petites Urnes et une Boussole.
11 Quatre Statuettes.
12 Une Main pour marteau de porte.
13 Un Coffret, une Boîte et un petit Buste sous globe.
14 Une série de jolis Poids gravés s'enchâssant les uns dans
    les autres.
15 Deux Têtes de femmes.
16 Un Porte-montre gravé.
17 Une Statuette.
18 Deux Guerriers en fer.

19 Deux Statuettes et un Bélier.
20 Deux Statuettes.
21 Mercure et un Aigle.
22 Deux Statuettes et deux Tabatières.
23 Un Groupe et une Statuette.
24 Une Vierge gothique.
25 Un Chevalier.
26 Deux Statuettes gothiques.
27 Un Chinois et un Buveur.
28 Deux Chandeliers Louis XVI.
29 Deux Flambeaux à doubles branches.
30 Un Encrier en cuivre émaillé avec tête égyptienne.
31 Deux Bustes, homme et femme.
32 Petit Dévidoir Louis XIII.
33 Une Tête de satyre et un Aigle à deux têtes.
34 Deux petites Statuettes.
35 Un Guerrier en bronze du XVI° siècle.
36 Diane chasseresse.
37 Une Statuette.
38 Le Coq gaulois.
39 Un Coffret en fer.
40 Une Couronne et une Croix.
41 Un Vase en bronze florentin.
42 Un Magot en bronze florentin.
43 Une Horloge.
44 Un Porte-allumettes.
45 Deux Chandeliers.
46 Une Théière et un Moutardier en étain.
47 Un Pilon portant la date de 1617.
48 Une Chaufferette et une paire de Mouchettes.
49 Un Réchaud.
50 Un Pot et une Cuvette en repoussé.
51 Une Fontaine.

52 Une autre Fontaine en cuivre rouge.
53 Une Aiguière.
54 Une Lampe et un Fer à repasser.
55 Deux Lanternes Louis XIII et Louis XIV.
56 Une jolie Lanterne avec verres de bouteille et un bougeoir.
57 Un Réveil.
58 Une grande Lanterne.
59 Une Lampe d'église.
60 Une Lampe juive.
61 Une autre Lampe juive.
62 Une Lampe juive avec crémaillère.
63 Une Lampe juive plus grande.
64 Une id. plus petite.
65 Une Lampe avec ciselures.
66 Une petite Lampe d'église avec têtes d'anges.
67 Trois Consoles avec garnitures en cuivre.
68 Un Bénitier en repoussé.
69 Un Médaillon représentant Sainte-Geneviève.
70 Une Statuette et un Couteau à papier.
71 Une Croix gothique et un Ornement.
72 Sept Médailles de corporations diverses et deux Coqs.
73 Un Coin pour blason.
74 Quatre petits Encadrements style Louis XVI.
75 Romaines et Pincettes; 5 pièces.
76 Pelle, Pincettes et Balai; 3 pièces.
77 Un Bas-relief et un Médaillon.
78 Six Cuillers Louis XIII.
79 Six Cuillers en étain, même époque.
80 Neuf Fourchettes Louis XIII, et un couvert.
81 Quatre Médaillons divers et un Bas-relief.
82 Un Plat en repoussé, grande dimension.
83 Un autre plus petit daté de 1641.

84 Un petit Plat daté de 1588 , aux armes de Lille , et une grande Clef.

85 Un grand Plat en étain donné comme prix en 1812 pour la culture de la betterave; pièce rare.

86 Deux grandes fourchettes en fer.

87 Trois Romaines en fer.

88 Cadenas, Marteau de porte, Harpon et Clef; 4 pièces très-anciennes.

89 Un Cadenas à secret.

90 Une Boule à jours et deux Clefs formant judas.

91 Un Judas et une Serrure.

92 Une grande Serrure très-ancienne.

93 Une autre très-ouvragée.

94 Deux Ecussons en fer.

95 Environ deux cents petites Pièces très-rares en cuivre antique, telles que Statuettes, poids, Clefs et menus Objets dont il sera fait plusieurs lots.

96 Cinq Châtelaines à diviser.

97 Un Peigne garni de corail.

98 Six Fourchettes et trois Couteaux avec manches en ivoire vert.

99 Huit Manches gothiques pour couteaux.

100 Un Tire-bouchon en fer ciselé et un petit Etau.

101 Un petit Plat en vieil étain , genre Briot, avec belles ciselures.

102 Une Plaque en cuivre représentant les armes d'une ville.

103 Sept Cachets anciens.

104 Cinq Plaques gravées en cuivre rouge.

105 Deux Cachets et une Bague avec armoiries.

106 Un petit Lustre en acier.

107 Un très-joli petit lustre ancien, en cuivre, avec couronne fleurdelysée.

108 Deux Candélabres en bronze , style de l'Empire.

109 Une grande et magnifique Pendule, style Louis XVI, très-bien conservée.

110 Une paire d'Appliques à deux branches.

111 Une jolie Pendule en cuivre ciselé, dite Crapaud.

112 Un Calice en cuivre doré, très-ancien.

113 Un autre Calice gothique.

114 Un Reliquaire gothique.

115 Une Custode en cuivre émaillé, style byzantin.

116 Une Boîte émaillée, même style.

117 Une jolie Médaille émaillée, style byzantin.

118 Jn petit flambeau émaillé, même style.

119 Une Crosse de croix d'évêque, aussi style byzantin.

120 Une Chasse vénitienne du XVIe siècle, avec peintures sur plomb.

121 Une très-jolie Chasse byzantine ; hauteur, 20 cent., largeur, 25 cent.

122 Pot et Cuvette arabe en cuivre repoussé.

123 Trois petites Tasses en émail.

124 Une Tabatière et un petit Plateau aussi en émail.

125 Un beau Sucrier en émail bleu, avec figures.

126 Deux jolis Vases émaillés, aussi avec gravures.

127 Deux petites Potiches en émail.

128 Une Boîte en cuivre émaillé.

129 Une jolie Boîte en cuivre avec chinoiseries.

130 Une magnifique pendule en cuivre, avec marqueteries, style Louis XIII.

Emaux et Objets d'art.

1 Un Christ peint sur émail.

2 Deux Sujets religieux en émail.

3 Deux Tableaux, genre Watteau, peints sur émail.

4 Deux Sujets religieux, signés Naudin, émailleur à Limoges.

5   Quatre petits médaillons sur émail.

6   Neuf jolies Tabatières et deux Plaques en émail; à diviser.

7   Une variété de Boutons anciens émaillés et autres ; à diviser.

8   Une jolie Mosaïque pour broche.

9   Petits Camés , Coquilles , Boîtes et Objets divers. — A diviser.

10   Six Tabatières avec peintures , deux Bracelets et objets divers. — A diviser.

11   Un petit Guéridon en argent filigrane garni de pierreries.

12   Un Panier en argent à jours.

13   Un Camé dur antique.

14   Une Montre très-ancienne en cuivre ciselé.

15   Une montre en or avec peinture sur émail.

Boîtes, Tabatières et Miniatures.

1   Deux Boîtes avec peintures.

2   Deux Tabatières avec peintures.

3   Deux Tabatières , l'une avec le buste de Louis XVI , et l'autre avec beau portrait de femme.

4   Une Tabatière en ivoire avec très-belle peinture.

5   Une Tabatière en écail ayant sur la couverture deux beaux médaillons avec encadrements en or.

6   Une autre Tabatière en écaille avec peinture et pierreries.

7   Cinq Peintures diverses sur porcelaine.

8   Deux Portraits, Miniatures avec encadrements en or.

9   Cinq peintures sur cuivre, portraits divers.

10   Quatre Médaillons divers.

11   Un joli Portrait de femme, peint sur ivoire.

12   Deux Portraits d'hommes.

13   Un Paysage fixé sur verre.

14 Une Femme et son Enfant, peinture sur verre.
15 Un Portrait d'homme, peinture sur ivoire.
16 Un Portrait de femme, aussi peint sur ivoire.
17 Un autre Portrait de femme, même genre.
18 Portrait d'Henriette de France, par Van Dyck.
19 Un très-joli Médaillon avec peinture sur ivoire et encadrement en or.
20 Une belle petite peinture sur ivoire, sujet : le Verrou de Fragonard.
21 Portrait de la princesse de Lamballe.
22 Un Portrait de femme.
23 Un Portrait de femme, signé Faber.
24 Une Femme assise sur un canapé.
25 Une Tête de femme, peinte sur ivoire.
26 Un Portrait de femme, signé Gaye.
27 Deux Médaillons (groupes d'enfants).
28 Un Portrait de femme, renfermé dans un écrin.
29 Deux Médaillons religieux.
30 Une Sainte famille, magnifique peinture sur ivoire attribuée à Raphaël.

Ivoires , Statuettes.

1 Un Rond , deux Poignées , un Balai et un Piétement.
2 Trois petites Statuettes.
3 Un Chinois et une Chinoise.
4 Statuette de Jeanne d'Arc.
5 Une très-jolie Pyramide.
6 Deux Défenses et un Piétement.
7 Une Défense avec paysage gravée dessus.
8 Une jolie petite Statuette.
9 Une petite Statuette représentant un vieillard.

10 La Vierge et l'Enfant Jésus.

11 Une Fileuse.

12 Une Sainte sortant des nues.

13 Le Temps. — Jolie statuette.

14 Le Berger, statuette aussi très-jolie.

15 Saint André.

16 La Vierge et l'Enfant Jésus, statuette très-ancienne.

17 Un Coffret et un Service chinois, parfaitement sculptés.

18 Une jolie paume sculptée, représentant une figure mythologique.

19 Une Canne, beau morceau d'ivoire.

20 Un Dôme avec Statuette à l'intérieur.

21 Un bel Eventail, style Louis XV.

22 La Vierge à la Chaise, bas-relief dans un cadre en ébène.

23 Un très-joli petit Tryptique, sujet religieux.

24 Un magnifique Vidrecôme, pièce très-rare provenant de
la vente de M. Meert, de Lille.

25 Un grand et superbe Christ ; circonférence du corps, 30
cent., hauteur, 70 c.

26 Les Jeux de l'Amour, deux bas-reliefs dans des cadres
dorés et sous glaces, provenant de la vente de M.
Hochart, de Lille.

Monnaies et Médailles.

Une grande partie de Monnaies anciennes en Or, Argent,
Cuivre, Bronze, etc., et de Croix, Médailles, Cachets
et Emblêmes divers.

Il en sera fait des lots au moment de la vente.

Chinoiseries et Objets divers.

1 Cinq Pièces diverses.
2 Un Chapeau et deux Parapluies chinois.
3 Bouclier, Harpon et Traversin indiens.
4 Un Modèle de pirogue et un Tambourin de sauvage.
5 Un Mandarin et un Tableau chinois.
6 Trois paires de Pantoufles chinoises.
7 Deux Gibernes indiennes.
8 Deux Arcs et un Carquois avec flèches.
9 Un Casse-tête et une Palette.
10 Equipage africain, Oreiller indien, etc.
11 Ceinture et Vêtements de sauvage,
12 Deux Couteaux chinois.
13 Deux Sabres indiens.
14 Cinq Pipes variées.
15 Deux Pipes en cuivre.
16 Deux Arcs et leurs flèches.
17 Bois de cerf.
18 Trois Ecailles de tortues et deux Coquillages.
19 Quatre Boîtes représentant des figures militaires, et un Eventail africain.
20 Deux Œufs d'autruche.
21 Deux Lanternes chinoises.
22 Une Longue-vue et une Boule étamée.
23 Un Panier chinois.
24 La Canne du tambour-major des Hurlus.
25 Une Mandoline.
26 Cornes de bœuf et de bélier.

Armes anciennes.

Quantité d'armes anciennes et modernes, comprenant environ cinquante lots à former au moment de la vente.

Tableaux.

1 Deux Toiles représentant l'une , une bataille , l'autre des enfants jouant.

2 Deux Peintures sur bois.

3 Deux Encadrements en écaille.

4 Un Tableau attribué à Breughel le Vieux.

5 Portrait de Napoléon Ier, peint sur porcelaine.

6 Sujet mythologique sur porcelaine.

7 Deux Singes en mosaïque.

8 Une Madeleine peinte sur agathe,

9 Un Portrait d'homme.

10 L'Amour montrant la fragilité des roses , peinture sur bois.

11 Portrait daté de 1565.

12 Une Vierge dite Notre-Dame de Cambrai , peinture sur bois.

13 Une Marine, effet de lune.

14 La Mort d'un empereur romain.

15 Un Buveur, peinture sur toile, signée Pigalle.

16 Nature morte, peinture sur toile.

17 Nature morte, peinture sur bois.

18 La Maternité, grisaille sur bois.

19 Personnages sous bois , peinture sur toile, genre Lancré.

20 Scène romaine, peinture sur bois.

21 Trois Peintures sur cuivre formant tryptique et représentant la passion de Notre-Seigneur.

22 Deux Tableaux sur bois attribués à Breughel et Vanbaelen.

23 Un Fumeur, peinture sur bois.

24 L'Adoration, peinture ancienne sur bois.

25 Une Vierge et l'Adoration des Mages; trois Tableaux peints sur cuivre et attribués à Franck.

26 Jeune Fille à la Fontaine, tableau attribué à M. le comte de Beaumont.

27 Deux Bouquets, signés Bertrand.

28 Trois petits Tableaux de fleurs.

29 Portrait d'un militaire.

30 L'Amour et son carquois.

31 Quatre petites Peintures Russes, réunies en un seul cadre.

82 Portrait d'un sultan, belle peinture sur bois.

33 Un Portrait de femme avec cadre sculpté.

34 Sujet religieux, peint sur bois.

35 Une Tribu en campagne.

36 Deux Scènes d'intérieur, formant pendants.

37 Deux Marines peintes sur bois, et signées Biol.

38 Vaches à l'abreuvoir, peinture sur bois.

39 Combat de coqs, peinture attribuée à Kessel.

40 Ane et Moutons, toile signée Robb.

41 Une Femme au piano, attribuée à Niéris.

42 Nature morte sur bois, tableau attribué à F. Desportes.

43 Effet de neige et Patineurs.

44 Vue de Suisse, datée de 1847 et signée illisiblement.

45 Effet de lumière, tableau attribué à Versteegh.

46 Nature morte, gibier.

47 Deux Paysages faisant pendants.

48 L'Alchimiste dans son laboratoire, belle peinture sur toile

49 Deux petits Paysages faisant pendants.

50 Un Trompette des gardes, tableau signé illisiblement et daté de 1849.

51 Scène de Geneviève de Brabant , peinture très-ancienne.

52 Vue d'une ville hollandaise.

53 Femmes nues, belle peinture sur bois.

54 La Vierge à la treille, peinture sur bois.

55 La ville de Lille et Jeanne Maillotte repoussant les Hurlus, tableau historique.

56 Une petite Toile signée C. Morland , représentant deux mulets.

57 Les Moissonneurs, par Brunfaut.

58 Un Personnage en costume de cour.

59 Les Joueurs de tric-trac, par Jean Le Duc.

60 Vue de l'Arbonnoise, peinture par Détrez.

61 Deux Sujets religieux, peints sur bois.

62 Le Masque, belle peinture sur bois.

63 Un Portrait attribué à L. Boilly.

64 Beau Portrait de femme représentant la Liberté.

65 La Déclaration, peinture attribuée à L. L. Boilly.

66 Deux Bacchantes, belle peinture sur toile.

67 Les Patineurs et Pêcheurs jouant aux cartes , pendants peints sur bois, signés C. Plattel.

68 Deux Enfants en costume espagnol, peinture sur bois.

69 Le Sommeil de l'ivresse , signé Dubras , avec beau cadre sculpté.

70 Deux Sujets religieux formant pendants.

71 Portrait du pape Sixte V.

72 Sujet religieux sur bois, avec autre peinture derrière.

73 Le Paradis terrestre, tableau très-ancien.

74 Portrait d'homme, par M.lle Gérard.

75 Très-beau Paysage sur bois.

76 Une Fête flamande, joli tableau très-ancien.

77 Deux Peintures fixées sur verre, signées Le Prince, 1820.

78 Les Gardes françaises , deux beaux tableaux signés Watteau et datés de 1789.

79 Chasseur achetant du gibier, peinture sur bois signée Demay.

80 Singes habillés, tableau attribué à Teniers.
81 Portrait de femme.
82 Portrait d'un savant.
83 Vue du bois de Boulogne.
84 Sujet mythologique.
85 Enfants dansant en rond.
86 Le Joueur de flûte et le Tambourin, grand tableau sur
toile.
86 bis. Nature morte, grand et beau panneau très-ancien.
87 Bouquet de fleurs, peinture ancienne.
88 Portrait d'un religieux de Lille.
89 Une Marine attribuée à Willemstat.
90 Sainte Godelive, grand tableau pour église.
91 Moutons en pleine, tableau attribué à Teniers le vieux.
92 Belle Marine sur bois, signée Beerstraten.
93 Deux beaux Portraits anciens avec magnifiques cadres en
chêne sculpté.
94 Une Peinture sur vélin, attribuée à Nicolas Fragonard.

Gravures, dessins et Manuscrits.

1 Les Amours enchaînés par les grâces, et son pendant, les
Grâces lutinées par les Amours.
2 Les Misères de la guerre.
3 Portrait de Rubens et un enfant.
4 Le Modèle honnête et le Lever de la mariée.
5 Un Trompe-l'œil.
6 Un Guerrier, dessin signé Guignet.
7 Femmes au bain, magnifique dessin colorié.
8 La chaste Suzanne, gravure avant la lettre.
9 Une Gravure très-ancienne, sujet historique.

10 Portraits des membres des Orphéonistes Lillois, photo-
graphiés par Bury, et un blason sous verre.

11 Portrait d'enfant.

12 La Gaîté de Silène et le poëte Anacréon ; pendants.

13 Pyrame et Thisbé.

14 Trois Portraits.

15 Le Menuet de la mariée et la Noce au château, jolies gravures anciennes gravées par De Bucourt, en 1789.

16 La Noce de village et la Foire au village, jolies gravures
anciennes, même genre que les deux précédentes.

17 Un carton renfermant des Gravures et Caricatures diverses.

18 Une série de Gravures et Vignettes qu'on pourra diviser.

19 Vue de Lille en 1667, pièce collée sur toile et très-bien
conservée.

20 Michel-Ange.

21 Le Triomphe de Minette et l'Élève intéressante, belles
gravures.

22 Le Ramoneur, la Servante congédiée et la Tentation de
Saint-Antoine ; trois bonnes gravures.

23 Quatre Gravures anciennes faisant pendant, sujets de
Boilly.

24 Quinze Estampes représentant les principales journées de
la Révolution de 1789 à l'an VIII, gravées par Helman.

25 Six Gravures ayant trait à la Révolution de 1792.

26 Quatre Gravures diverses.

27 Ma bonne Mère et le Serment d'amour.

28 La mort de Marc-Antoine, les Délices maternelles et les
Soins maternels, gravures par Will.

29 Quatre Pièces, un Dessin et trois Gravures diverses.

30 Cinq Gravures diverses.

31 Quatre Gravures diverses.

32 Cinq Gravures, sujets de Lancré.

33 Sept Pièces représentant les fêtes du sacre et du couron-
nement de Napoléon Ier.

34 Recueil de Gravures anciennes, Bocace, Lafontaine et autres; un volume.

35 Amorum Emblemata, volume ancien avec figures.

36 Seize vues coloriées et un Album.

37 Deux Albums contenant 1,213 vignettes variées pour fils.

38 Un Album contenant 274 vignettes coloriées pour liqueurs et sirops.

39 Un Album contenant 420 gravures diverses anciennes et modernes.

40 Un grand Album contenant 1,903 gravures diverses, anciennes et modernes.

41 Un grand Album contenant 100 dessins variés, dont plusieurs coloriés.

42 Un grand Album contenant 1,070 gravures diverses.

43 Le Miracle, ouvrage avec quantité de gravures coloriées.

44 Un ancien Manuscrit sur vélin portant un sceau aux armes d'un cardinal.

45 Un ancien Manuscrit aussi sur vélin.

46 Un Livre d'heures, manuscrit très-ancien sur vélin, avec vignettes coloriées, en parfait état de conservation.

Meubles anciens, Statuettes et Bois sculptés.

1 Deux Vitrines modernes en chêne, pouvant facilement être mises à usage de bibliothèque.

2 Un joli Bureau en bois de rose incrusté, avec ornements dorés.

3 Un petit Scribane en ébène.

4 Un petit Scribane avec garnitures en écaille.

5 Un coffre en laque.

6 Deux Boîtes à thé aussi en laque.

7 Un Coffret en nacre.

8 Un Coffret en écaille et ivoire.

9   Une croix avec incrustations en nacre.

10   Une boîte en bois sculpté et divers fragments de bois et vêtements trouvés sous le maître-autel de l'ancien couvent des Capucins, actuellement la Salpêtrière.

10 bis.   Un Sabot en bois sculpté.

11   Six Statuettes en bois sculpté.

12   Une Vierge à la Chaise en bois sculpté.

13   Une Vierge aussi en chêne sculpté.

14   Deux Saints aussi en bois sculpté.

15   Un Mannequin disloqué.

15 bis. Deux Squelettes en bois.

16   La Vierge et l'Enfant Jésus sous un dais, le tout en bois doré

17   Un Groupe de Capucins fêtant les rois.

18 .   Une belle Statue représentant le Sauveur.

19   La Sainte Famille, très-beau groupe.

20   Un Médaillon en bois tendre.

21   Deux Médaillons en vieux chêne.

22   Une tête et un Bas-relief en vieux chêne et deux médaillons en bois durci.

23   Un très-joli Bas-relief représentant le Chevalier Bleu, enseigne locale.

23 bis. Une Statuette en bois aussi faite pour enseigne.

24   Un très-joli Bas-relief, enseigne locale portant cette mention : *Au gras Bœuf de Flandre*, 1761.

25   Une petite Console avec très-belles sculptures.

26   Une petite Console en bois doré.

27   Un très-beau Buste de femme en bois sculpté.

28   Deux Têtes d'anges en vieux chêne et quatre piétements.

29   Huit Montants en vieux chêne sculpté.

30   Un Chauffe-pieds à jour, portant la date de 1742.

31   Petit Rouet en bois doré, ayant d'après mention appartenu à Marie-Antoinette.

32   Un Montant gothique avec la statue du Sauveur.

33   Une Statue gothique représentant Saint-Antoine.

34   Deux très-jolis Groupes gothiques parfaitement sculptés.

35 Un Groupe gothique représentant la Vierge, l'Enfant Jésus
    et sainte Anne.
36 Un Christ en bois.
37 Quatre Statuettes en bois tendre.
38 Un Capucin.
39 Un Reliquaire représentant un temple , avec incrustation
    en nacre.
40 Une Statuette en bois de fer.
41 Statuette en buis, représentant l'Immaculée Conception.
42 Une Vierge en buis.
43 Un Pélerin en buis.
44 Saint Vincent de Paul, statuette en buis.
45 Saint Pierre.
46 Magnifique Statuette en bois, représentant la Vierge.
47 Deux Palettes chinoises en bois sculpté , dont une avec
    incrustations en nacre.
48 Quatre boîtes et Tabatières en bois divers.
49 Une jolie petite Statuette avec étui.
50 Une Jonque chinoise avec personnages.
51 Une Cage avec ornements en ivoire.
52 Une Glace de Venise avec encadrement en écaille et cuivre.
53 Un Fauteuil en chêne.
54 Un autre fauteuil en chêne style Louis XVI.
55 Un Escabeau sculpté.
56 Une Chauffeuse sculptée.
57 Quatre Chaises sculptées et cannées.
58 Deux très-beaux Fauteuils en chêne, couverts en cuir.
59 Un très-grand et très-haut Fauteuil en chêne sculpté ,
    garni en tapisserie.
60 Une petite table sculptée.
61 Une Table sculptée ayant pour dessus une plaque en
    faïence italienne.
62 Une Armoire sculptée avec incrustations.
63 Fragments de Coffre en bois incrusté, style François Ier.

64 Un très-beau Bahut sculpté avec son gradin.

65 Un grand et magnifique Bahut sculpté avec étagère , daté
    de 1672.

66 Un très-ancien Lit à baldaquin , en vieux chêne sculpté ,
    daté de 1591.

67 Une Table de nuit, même style.

68 Un meuble en vieux chêne sculpté, servant de lavabo.

69 Une Commode en bois de rose, style Louis XVI.

70 Un magnifique Bureau ancien , avec incrustations en bois
    divers.

Etoffes et Broderies.

71 Un Couvre-lit brodé, très-ancien.

72 Un Devant d'Autel très-ancien, brodé à la main,

73 Deux Bannières des corps de métiers, datées de 1716.

74 Une Portière en tapisserie avec armoiries.

75 Tablier, Collier et Attributs de la franc-maçonnerie.

76 Trois Bonnets brodés.

77 Deux Porte-cigares, un Porte-monnaie et un Etui, le tout
    filigrané, brodé en or et en argent.

78 Une Calote et des Pantoufles algériennes.

79 Un très-beau Tableau en tapisserie , genre des Gobelins.

LILLE , IMP. BLOCQUEL-CASTIAUX.

RED. :

18